Der Seiltänzer

© 2008 Günter Daniel Rey
Herstellung und Verlag: Books on Demand GmbH, Norderstedt
ISBN 978-3-837-04224-5

Bibliografische Information der Deutschen Nationalbibliothek
Die Deutsche Nationalbibliothek verzeichnet diese Publikation in der
Deutschen Nationalbibliografie; detaillierte bibliografische Daten sind
im Internet über http://dnb.d-nb.de abrufbar.

Inhaltsverzeichnis

Vorwort

Der vorliegende Text ist vor über zwölf Jahren im Jahr 1996 entstanden und wurde in seiner ursprünglichen Form vollkommen unverändert belassen. Damals befand ich mich in der gymnasialen Oberstufe und habe mehrere Bücher von Franz Kafka gelesen. Seine Texte haben mich beim Verfassen der Geschichte "Der Seiltänzer" in erheblichem Maße beeinflusst. Damals wie heute bin ich von den Werken Kafkas aufgrund ihres Interpretationsspielraumes fasziniert. Nicht von ungefähr füllen die verschiedenen Deutungen zu Kafkas Geschichten ganze Bibliotheken. Albert Camus bemerkte in diesem Zusammenhang: „Es ist das Schicksal und vielleicht auch die Größe dieses Werks, dass es alle Möglichkeiten darbietet und keine bestätigt."

Ich selbst vergleiche Kafkas Texte mit projektiven Tests wie beispielsweise dem Rorschachtest oder dem Thematischen Apperzeptionstest (TAT). Bei diesen werden Personen mehrdeutige (Bild-)Muster in der Hoffnung dargeboten, dass die Probanden in der Beschreibung dieser Reize ihre eigenen Gefühle, Wünsche, Interessen, Motive, Einstellungen und Werte offenbaren. Ähnlich verhält es sich meines Erachtens mit Kafkas Texten. Auch diese sind mehrdeutig und lassen schier unbegrenzte Interpretationsmöglichkeiten zu. Deutungen sagen somit möglicherweise mehr über den Interpreten als über

Kafkas Geschichten selbst aus. So verwundert es nicht, dass zu Kafkas Werken so verschiedenartige Interpretationen existieren. Auch der Ausspruch "Ein Buch muss die Axt sein für das gefrorene Meer in uns" von Franz Kafka selbst deutet darauf hin, dass er seine (und andere) Bücher als Form projektiver Tests wahrgenommen haben könnte.

Ich wünsche Ihnen nun viel Spaß beim Lesen und Interpretieren meines Textes.

Würzburg, im Sommer 2008   Günter Daniel Rey

Ich tanze auf einem Seil.
Auf einem Seil, über dem Abgrund.

Die Brücken

Pylonen und Pfeiler

Ich bin als Seiltänzer auf einem Seil geboren worden und werde wohl auch als Seiltänzer auf einem Seil sterben. Nicht jeder Mensch ist ein Seiltänzer.

Die meisten Menschen, denen ich begegne, oder besser gesagt, die ich von meinem Seil aus, auf dem ich balanciere, erblicke und mit denen ich mich in den seltensten Fällen länger unterhalte, gehen über eine Brücke. Vielleicht liegt es auch einfach daran, daß mein Seil zwischen zwei langen, parallel verlaufenden Brücken gespannt ist, welche es ermöglichen, die sehr tiefe Schlucht zu überqueren. Obwohl die Brücken so lang sind, kann ich auch noch die Menschen, die sich auf der einen bzw. anderen Landseite befinden, erkennen. Viele Menschen überqueren täglich die beiden Brücken. Sie denken jetzt sicherlich, daß die eine Brücke ausschließlich dazu da ist, von dem einen zum anderen Land zu gelangen, die andere Brücke für den umgekehrten Weg genutzt wird. Doch dem ist nicht so, jedenfalls kenne ich diese eingeschränkte Funktion der beiden Brücken nicht. Die Menschen gehen auf beiden Seiten von alpha nach omega, aber auch von omega nach alpha. Ich benenne die beiden Länder der Einfachheit halber alpha und omega, obwohl mir eine existierende Bezeichnung der beiden Landhälften unbe-

kannt ist. Die beiden Brücken werde ich Brücke lambda
und Brücke ny nennen, obwohl ich vermute, daß die Brücken sich im Wesentlichen nicht unterscheiden und keine
von beiden Brücken größer, schöner oder gar stabiler ist.
Manchmal fällt mir auf, daß einzelne, die gerade die Brücke lambda überqueren, ganz grimmig zu den Personen,
die über die zweite Brücke gehen, blicken. Ich habe auch
schon die umgekehrte Erscheinung vernehmen können.
Vielleicht ist es ja wirklich so, daß eine der beiden Brücken die bessere Wahl bietet, von alpha nach omega oder
von omega nach alpha zu gelangen, doch benötigt man
hierfür wahrscheinlich die Baupläne von Brücke lambda
und Brücke ny, doch ob diese auf Landstück alpha oder
Landstück omega liegen, weiß ich nicht, vielleicht existieren sie ja überhaupt nicht mehr. Für mich ist nur wich-
tig, daß die beiden Brücken mein Seil – es ist übrigens
ein Stahlseil, auf dem ich mein Leben verbringe – halten.
Strenggenommen halten die Brücken gar nicht mein Seil,
denn das Seil ist an beiden Seiten an jeweils einem der
zahlreichen Brückenpfeiler befestigt. Ich habe mir nie die
Mühe gemacht nachzuzählen, ob beide Brücken gleich
viele Brückenpfeiler besitzen, jedoch scheint es mir so,
als besäßen sie in etwa gleich viele Pfeiler, nur sind diese
an unterschiedlichen Stellen angebracht. Beide Brücken
werden also nicht von Brückenpfeilern getragen, die in
regelmäßigen Abständen installiert worden sind, sondern
die Brückenpfeiler wurden ganz unregelmäßig angebracht. Ich habe einmal versucht bei beiden Brücken ein
System zu entdecken, in welchen Abständen die Brückenpfeiler angebracht worden sind, ja, ich habe sogar
versucht, Rückschlüsse von den an unregelmäßigen Stellen der Brücke lambda angebrachten Pfeilern auf die
angebrachten Pfeiler der Brücke ny zu ziehen, doch dies

gelang mir bisher nicht, vielleicht ist das System, welches dahinter steckt, einfach zu kompliziert, als daß es ein Mensch erkennen könnte, vielleicht bin ich auch einfach zu dumm oder ungebildet, um es zu erkennen. Vielleicht habe ich mich auch bisher einfach zu wenig darum bemüht, ein System in diesen Pfeilern zu entdecken.

Neben diesen zahlreichen Pfeilern werden jedoch jeweils beide Brücken noch von zahlreichen Stahlseilen getragen, die sehr viel dicker sind als das Stahlseil, auf dem ich mich befinde. Diese Stahlseile sind allesamt am oberen Ende einer einzigen Pylone befestigt, die hoch über der jeweiligen Brücke hinausragt. Damit es nicht zu Mißverständnissen kommt, jede der beiden Brücken besitzt ihre eigene Pylone! Diese riesige, vom Boden bis zum Himmel ragende Betonstütze, die nur unweit von den Pfeilern, an dem mein Seil befestigt ist entfernt liegt, verläuft in einer Art Keilform, so daß sie die beiden Außenseiten der Brücke umschließt und somit ein großes, bis ganz nach oben hin ragendes Dreieck bildet, durch welches die Menschen der jeweiligen Brücke hindurchwandern. Wieviel Gewicht nun von den einzelnen Pfeilern getragen wird und wieviel auf dem Überbau der Pylone lastet, weiß ich leider nicht. Vielleicht sind beide Komponenten nötig, um die Brücken zu halten, vielleicht würden die Stützen auch ausreichen, um das Gewicht der Brücken und der darauf befindlichen Menschen zu tragen, und der gesamte Überbau dient lediglich dazu, daß die Menschen auf den Brücken sich sicherer fühlen, oder gar schlicht und ergreifend zur Verschönerung der Brücken. Andererseits könnte es auch sein, daß die Brücken nur von den Stahlseilen, die an der Pylonstütze befestigt sind, gehalten werden. Dann könnte man die Brücke mit Fug und Recht als Hängebrücke bezeichnen.

Einmal habe ich mir überlegt, ob es nicht einfach so ist, daß die Brücke lambda eine Hängebrücke ist, daß das Gewicht von Brücke ny jedoch vollkommen auf den Stützpfeilern lastet, wer weiß, möglich wäre auch das.

Aber dies sind ja alles lediglich spekulative Vermutungen, und es ist wohl fast unmöglich, diese zu begründen. Man müßte, wie schon erwähnt, die Baupläne der Brücken besitzen oder ein wirklicher Fachmann sein, um mit Sicherheit sagen zu können, welche der Möglichkeiten die richtige ist.

Manchmal, wenn es sehr nebelig ist oder aber, wenn Gewitterwolken sehr niedrig am Himmel hängen, sieht es so aus, als würde gar keine Pylone existieren, sondern eine unsichtbare Hand in den Wolken hielte all die kleinen, dünnen Bindfäden zusammen, die ja in Wirklichkeit dicke, feste Stahlseile sind. Wenn dann beispielsweise nur eine der beiden Brücken nebelbehangen ist, blicken oftmals Menschen der anderen Brücke zu ihnen herüber und scheinen neidisch darauf zu sein, daß nicht ihre Brücke auch so ein wunderbares Naturphänomen liefert. Andere wiederum freuen sich stattdessen darüber, daß auf ihrer Brücke besseres Wetter herrscht.

Wie dem auch sei, mein Seil ist jedenfalls an diesen beiden Brücken befestigt und fest genug an zwei Brückenpfeilern verankert, so daß mein Körpergewicht mühelos getragen wird.

Die Menschen

Zupfer, Jahrmarktschreier und Verkehrspolizisten

Manchmal, wenn ich auf meinem Seil sitze, balanciere, neue Kunststücke erprobe oder mich einfach nur mit minimalem Kraftaufwand auf meinem Seil halte, ohne in die Tiefe zu fallen, beobachte ich die Leute auf den beiden Brücken.

Viele von ihnen laufen, ja sprinten sogar über die Brücke. Sie wollen wahrscheinlich so schnell wie möglich von Land alpha zu Land omega oder umgekehrt gelangen. Andere wiederum, um auch das gegenteilige Extrem zu nennen, schlendern ganz gemütlich, wie bei einem Sonntagnachmittagspaziergang auf einer der beiden Brücken entlang, treffen mal den einen Freund, der sie ein Stück begleitet, sich dann jedoch verabschiedet und mit schnellerem Schritte allmählich wieder entfernt. Mal treffen sie sogar Freunde, die den entgegengesetzten Weg gehen. Dann grüßen sie sich entweder kurz, wenn der andere es allzu eilig hat, oder aber sie bleiben beide stehen und unterhalten sich für längere Zeit. Danach setzt der jeweilige Gesprächspartner seinen Weg fort, sprintet also wei-

ter, rennt, geht oder schlendert im gemächlichen Schritt
zum jeweiligen Land, welches er erreichen will. Manchmal hält einer der beiden, die sich gerade über dies oder
jenes, – in den seltensten Fällen kann ich ihrem Gespräch
beiwohnen – unterhalten haben, an und begleitet den
anderen ein Stückchen weit, und geht erst dann seinen
gewohnten alten Weg weiter. Vereinzelt begleitet er ihn
gar so weit, daß ich mich schon irgendwo anders hinge-
wendet habe oder daß ich die beiden Personen in einer
größeren Menschengruppe verliere und nicht wiederent-
decken kann.

Oft kommt es auch vor, daß zwei Menschen, die meist
etwas unbeholfen und unvorsichtig – vielleicht sind sie
gerade in Gedanken – ihren Weg beschreiten, unbeab-
sichtigt gegeneinander stoßen. Dann sind ihre Verhal-
tensweisen häufig recht unterschiedlich.

Einige behaupten dann, daß diese Brücke nur für die
Richtung benutzt werden dürfe, der sie gerade folgen.
Manche geben sich gegenseitig die Schuld und setzen
unvermindert ihren Weg fort, doch manche entschuldigen
sich auch und erklären ihrem Gegenüber, daß sie alle
Schuld auf sich nehmen, gehen dann, gebückt auf den
Boden blickend, weiter und stoßen daraufhin häufig den
nächstbesten, der ihnen entgegenkommt, an. Vereinzelt
stoßen sich zwei Menschen, da sie zeitlebens ein wenig
gebückt gehen, mit den Köpfen an, doch anstatt sich gegenseitig zu beschimpfen oder zu entschuldigen, kann es
durchaus vorkommen, daß beide sich dann herzlich um-
armen und gemeinsam ihren Weg fortsetzen. Egal, wie
die Reaktionen auch sein mögen, meist habe ich als au-
ßenstehender Betrachter den Eindruck, daß die Zusam-
mengestoßenen benebelt und ein wenig orientierungslos

ihren Weg fortsetzen, doch es mag natürlich auch Hartgesottene geben, die selten mit anderen aus Versehen zusammenstoßen und die dann trotzdem ohne Zeitverlust weitergehen (manchmal rennen sie dann ein Stück, um den „verlorenen" Boden wieder gutzumachen).

Ja, nicht nur Einzelne, sondern auch größere Gruppen beschreiten manchmal eine der beiden Brücken gemeinsam, ab und an werden sie von einzelnen Personen durchbrochen, oder aber die Einzelpersonen können nicht durch die Gruppen hindurch und gelangen so unweigerlich von ihrer eigentlichen Richtung ab und bewegen sich dann mit der Gruppe in die entgegengesetzte Richtung. Oft werden diese Gruppen dann kleiner, weil einzelne Kleingruppen oder aber auch nur Einzelpersonen stehen bleiben oder aber sich ganz umdrehen und dann in die andere Richtung marschieren. Häufig versuchen sie daraufhin, andere Personen in der Gruppe von ihrem Kurs abzubringen und zupfen sie an ihren Hemdärmeln. Manche, die gezupft worden sind, blicken sich tatsächlich um, manche verlassen dann sogar die jeweilige Gruppe, andere wiederum reagieren überhaupt nicht auf das Gezupfe, sondern setzen ihren Weg unbeirrbar fort.

Sie werden es kaum für möglich halten, aber manche Menschen halten sogar ohne einen erkennbaren Grund mitten, d. h. nicht genau in der Mitte, sondern irgendwo auf der Brücke an. Vielleicht denken sie dann darüber nach, ob die von ihnen gewählte Richtung und das Tempo, welches sie eingeschlagen haben, das richtige sei, vielleicht haben sie aber auch nur irgend etwas Bedeutendes oder Unbedeutendes auf dem Landteil alpha bzw. Landteil omega vergessen mitzunehmen, was ihnen erst jetzt einfällt, und so überlegen sie sich, ob es sich lohnt, den ganzen Weg zurückzugehen bzw. zurückzulaufen oder zurückzuschlendern, oder ob es sinnvoller ist, auf das jeweilige Utensil zu verzichten und ohne es den Weg fortzusetzen. Es gibt auch einzelne auf den beiden Brücken, die stehen an einer bestimmten Stelle und rufen den Leuten, die in die eine Richtung gehen zu: „Ja, genau, dies ist die richtige Richtung.", den anderen, die in die andere Richtung pilgern rufen sie zu: „Nein, nicht doch. Dies ist doch ganz offensichtlich die falsche Richtung." Sie verhalten sich fast so wie ein Jahrmarktschreier.

Andere wiederum stehen ganz still an einer Stelle und halten, fast wie ein Verkehrspolizist es tut, den ein oder anderen an und unterhalten sich mit diesem. Wie bei dem Jahrmarktschreier auch gehen die meisten dann unbeirrt weiter, doch manche bewegen sich nach solch einem Gespräch in einer vollkommen anderen Geschwindigkeit, als sie es bisher getan haben. Es gibt Menschen, die nach solch einem Gespräch sogar den entgegengesetzten Weg einschlagen, freudig den Jahrmarktschreier oder Verkehrspolizisten anlächeln und scheinbar genau erfahren haben, warum der Weg, den sie vorher beschritten, der falsche war.

Einige wiederum werden sehr viel langsamer und blicken sich verängstigt um, als seien sie doch auf dem falschen Weg und sollten lieber umkehren, trauen sich aber nicht. Andere wiederum laufen nach solch einem Gespräch umso schneller und scheinen durch den Jahrmarktschreier oder Verkehrspolizisten nervös geworden zu sein, ja bei manchen hat man das Gefühl, der Verkehrspolizist oder Jahrmarktschreier hätte sie in den Wahnsinn getrieben.

Der Friedhof

Kreuze, Kreuzgruppen und Aufgespießte

Ja wahrlich, es gibt wirklich nichts, was es auf diesen beiden Brücken nicht gibt!

Interessant ist auch, daß die wenigsten Menschen auf den beiden Brücken einmal in den Abgrund blicken. Dort würden sie dann weit unten einen Friedhof entdecken, der aus Tausenden von Kreuzen besteht. Da unten gibt es kleine, hölzerne Kreuze, die durch Wind und Wetter schon halb zersetzt sind, andere Kreuze wiederum bestehen aus Stein oder gar Marmor und sehen selbst von hier oben, von meinem Seil herabblickend, prächtig aus. Manche Kreuze sind sogar aus Metall, und ganz selten erblickt man, wenn man intensiv danach sucht, auch durchsichtige, gläserne Kreuze.

Wenn es regnet und ich so in den Abgrund starre, springt mir oft ein einzelnes gläsernes, durchsichtiges Kreuz ins Auge. Ich habe dann den Eindruck, es bestehe aus einem einzigen, wohlgeschliffenen Diamantenblock. Ob dieses Kreuz vielleicht doch nur aus einer speziellen Glassorte besteht, vermag ich von hier oben nicht zu beurteilen, aber eins kann gesichert gesagt werden, dort unten existiert, wenn auch nicht besonders zahlreich, aber immerhin

eine Reihe von Kreuzen, die aus Gold bzw. Platin bestehen. Sowieso unterscheidet sich jedes Kreuz von den
anderen, oft jedoch nur in winzigen Feinheiten. Manche
Kreuze beispielsweise laufen spitz zu, andere wiederum
haben ein plattes Ende. Einige Kreuze sind auch verziert
mit Schnörkeln oder Mustern, sind sogar vereinzelt in
verschiedenen Farben angemalt oder besitzen gar einen
Schriftzug. Mit den Kreuzen ist es ähnlich wie mit den
Brückenpfeilern. Auch die Kreuze haben, sieht man einmal von einigen wenigen Ausnahmen ab, keine regelmäßigen Abstände voneinander, sondern sind kreuz und
quer dort unten verteilt.

Toll, was man von hier oben alles sehen kann!

Mir kommt es manchmal so vor, jedoch mag mir mein
Auge hier vielleicht auch einen Streich spielen, mir
kommt es jedenfalls manchmal so vor, als könne man
von einzelnen Kreuzgruppen sprechen, denn es gibt häufig mehrere Kreuze, die sehr eng beieinander stehen.
Meist bestehen diese Kreuzgruppen aus recht unterschiedlichen Kreuzen, die sich in ihrer Farbe und Form,
in ihrem Material und ihrer Größe nicht gleichen. Allerdings sieht man bei näherer Betrachtung auch immer
wieder Kreuzgruppen, die eine einzige Gemeinsamkeit
besitzen, beispielsweise, daß alle Kreuze dieser Gruppe
aus Holz bestehen, oder daß alle in etwa gleich groß sind.
Wenn man von hier oben auf diese Gruppen blickt und
eine Kreuzgruppe sichtet, die beispielsweise aus mehreren hölzernen und einem einzigen metallenen Kreuz besteht, kann man fast den Eindruck gewinnen, daß das
metallene Kreuz der Anführer der kleinen, hölzernen
Kreuze ist. Manchmal jedoch scheint es mir aber auch
vollkommen anders. Dann denke ich, daß das metallene

Kreuz – um mein Beispiel erneut aufzugreifen – daß das metallene Kreuz gar nicht der Anführer ist, sondern von den anderen hölzernen Kreuzen umzingelt worden ist und jetzt, in jedem Augenblick, von den anderen, zahlreichen Kreuzen zermetzelt wird, die über dieses einzelne Kreuz herfallen. Aber wahrscheinlich hängt es einfach davon ab, ob die Sonne scheint oder nicht, ob es regnet oder schneit, ob es stürmt oder windstill ist, ob ich gut- oder schlechtgelaunt bin, denn oft denke ich auch, daß das metallene Kreuz mit bestimmten Hölzern der Gruppe gut zurecht kommt, mit anderen weniger gut. Wie dem auch sei, an einem Tag scheint es mir so, als würden die zahlreichen Kreuzgruppen, aber auch die einzelnen Kreuze, die sich abseits der Gruppen befinden einen erbitterten, blutigen Krieg auskämpfen, der den Zustand der Kreuze langsam, aber sicher verschlechtert. An anderen Tagen wiederum kommt es mir so vor, als seien alle Kreuze gute Freunde, nur ist eben nicht jedes Kreuz gleich, dies glaube ich jedenfalls, allerdings besitze ich auch von hier oben nicht die Möglichkeit, alle Kreuze miteinander zu vergleichen. Außerdem würde es auch längere Zeit dauern, um zu überprüfen, ob ein Kreuz mit einem anderen identisch ist. So lange werde ich mich wahrscheinlich nicht mit dem Friedhof beschäftigen, aber interessant ist es schon, sich die verschiedenen Kreuze einmal näher anzuschauen.

Hatte ich schon erzählt, daß neben den Kreuzen, oft auch auf den Kreuzen selbst Menschen liegen?

Es ist nämlich so, daß manche Brückenmenschen (damit meine ich natürlich die Personen, die sich gerade auf Brücke lambda oder auf Brücke ny befinden, denn es gibt ja auch viele Menschen, die von den beiden Brückenteilen auf Landteil alpha bzw. Landteil omega zurückkehren oder aber zum ersten Mal das jeweilige Land betreten!) urplötzlich über das kleine, an beiden Seiten angebrachte Gitter springen und in die Tiefe stürzen. Dies ist sehr interessant, denn nicht immer treffen die Menschen, unten angekommen, auf ein Kreuz, sondern sterben in aller Regel, wenn sie auf den Boden auftreffen. Ab und an gelingt es dem ein oder anderen, den Sturz zu überleben, allerdings kriechen diese Menschen nur noch kurz am Boden herum, halten sich vereinzelt an einem Kreuz fest oder vegetieren einfach noch eine Weile am Boden des Friedhofs. Besonders amüsant – andere mögen es als besonders tragisch bezeichnen – ist es, wenn jemand den Sturz von der Brücke überlebt, kurze Zeit später jedoch von einem anderen, der sich auch von der Brücke gestürzt hat und der genau auf die am Boden kriechende Person fällt, erschlagen wird. Dies ist selbstverständlich nicht die Regel. Vereinzelt kommt es auch vor, daß jemand, der von der Brücke gesprungen ist, genau auf ein goldenes, metallenes oder ein Kreuz anderen Materials auftrifft. Dann kann es passieren, wenn das Kreuz nach oben hin spitz verläuft, der Betreffende kopfüber von der Brücke gesprungen ist und der Wind gerade günstig weht (eine Menge Glück gehört natürlich auch noch dazu!), daß das spitze Kreuz den Springer mitten durch den Kopf durchstößt, sich tief hineinbohrt und dann am Kehlkopf wieder hervortritt. Unter solchen Umständen bespritzt das Blut natürlich auch die umliegenden Kreuze, und der Springer stößt selbstverständlich keinen hörbaren Schrei mehr aus sich heraus. Oftmals verbleibt die Leiche, dessen Beine kerzengerade in den Himmel ragen, auf dem Kreuz aufgespießt in dieser Lage, bis dann, nach einiger Zeit, der gesamte Körper nach hinten hin umklappt. Je nachdem, ob das Kreuz fest im Boden verankert war, und abhängig vom jeweiligen Körpergewicht, kann es vorkommen, daß das Kreuz dabei abbricht oder gar ganz umkippt, ja förmlich aus dem Boden herausgerissen wird.

Die Länder

Schattenwesen, Liegeplätze und Menschenschichten

Zugegeben, ich bin Seiltänzer, und da mein Seil ein gutes Stück weit von den beiden Landteilen entfernt ist, kann ich die Menschen dort nur noch schemenhaft erkennen. Manchmal winken mir die Schattenwesen, die nahe am Abgrund stehen, zu, und ich winke ihnen dann häufig zurück, obwohl ich sie ja gar nicht richtig sehen kann, wirklich lediglich nur ihre Schemen erkenne.

Allerdings konnte ich durch die Befragung einiger mir gut bekannter Brückenmenschen einiges in Erfahrung bringen. Dies möchte ich Ihnen natürlich nicht vorenthalten.

Beide Länder sollen angeblich einen riesigen, ebenen Korridor umfassen. Der Boden dieser Ebene sei vollkommen ausgefüllt von mehreren Lagen von Menschen, die mit dem Bauch auf dem Boden lägen und ihr Gesicht im Staub verbergen würden. Sie hätten angeblich die Arme nahe an ihren Körper angelehnt, die Handrücken lägen dabei auf dem Boden. Die zweite Schicht läge selbstverständlich genauso, allerdings ein wenig versetzt, auf der ersten Schicht und so weiter und so fort.

Wie schon gesagt, dies alles wurde mir ja nur berichtet, und ich kann Ihnen keineswegs versichern, daß dies alles der Wahrheit entspricht, doch da ich mehrere gute Bekannte zu unterschiedlichen Zeiten über die Landteile befragte, die Aussagen nur geringfügig voneinander abwichen, außerdem die Aussagen der Bekannten plausibel erscheinen, gehe ich davon aus, daß alles in etwa der Wahrheit entspricht.

Jedenfalls sollen dann in unregelmäßigen Abständen einzelne Menschen der obersten Schicht aufstehen und durch Menschen, die gerade von den Brücken kämen oder aber auch lange auf der obersten Schicht umhergingen, ersetzt werden. Häufig geschehe dies sehr schnell, doch manchmal dauere es auch eine Weile, bis jemand den freien Platz bemerke, vielleicht mögen einige auch gar nicht so dort auf den Menschenschichten liegen, doch erscheine es wahrscheinlicher, daß sie den freien Platz zu spät oder gar überhaupt nicht bemerken würden. Natürlich stellt sich sofort die Frage, ob die unteren Schichten nie ersetzt werden würden. In den seltensten Fällen geschehe dies, denn nur, wenn zufällig die über einem versetzt liegenden Menschen nahezu gleichzeitig aufstünden und niemand die freien Plätze bemerken würde, könne – müsse aber nicht – der Betreffende von seinem Liegeplatz aufstehen. Dann könne ein anderer, natürlich nur den untersten, freien Platz einnehmen, erst danach besäßen andere die Möglichkeit, sich in die freien Stellen der Oberschicht zu legen.

Wenn ein Liegender aufstehe, könne dies natürlich mehrere Gründe haben. Vielleicht habe derjenige einfach das Bedürfnis, wieder einmal über die Brücken zu laufen, ja vielleicht sei er überhaupt noch nie dort gewesen, vielleicht sei es aber auch einfach so, daß er sich gleich wieder irgendwo anders – vielleicht wolle er auf dem anderen Landteil liegen – hinläge, weil ihm sein alter Liegeplatz nicht gefiele. Es gäbe ja so viele Möglichkeiten, eventuell wolle derjenige seinen Platz einfach nur für einen anderen Menschen freimachen, der seinen Platz gerne einnehmen wolle. Ja vielleicht kenne der Betreffende diesen sogar und stelle ihm deswegen den Liegeplatz zur Verfügung, weil er denke, dieser hätte einen guten – oder aber schlechten – Liegeplatz verdient.

Es gäbe ja so viele Möglichkeiten, jedenfalls seien auch die Reaktionen nach dem Aufstehen recht unterschiedlich.

Vereinzelt würden sich die Menschen strecken, als hätten sie hundert Jahre lang wie Dornröschen im Tiefschlaf gelegen und seien gerade eben wieder aufgewacht. Einige stünden unbekümmert auf und gingen sofort in eine bestimmte Richtung, als verfolgten sie ein ganz bestimmtes Ziel.

Den Leuten, die mir dies alles berichteten, wäre es so vorgekommen, als hätten diese Menschen den Zeitraum, in dem sie auf den anderen Menschenschichten lägen, damit verbracht zu überlegen, wohin sie gehen sollten.

Andere würden, nachdem sie ihren Liegeplatz verlassen hätten, wehmütig zurückblicken, als wäre ihre Entscheidung aufzustehen, die falsche gewesen und sie bereuten diese jetzt.

Wieder andere schienen während des Aufstehens neugeboren zu sein, denn sie verließen so schnell wie möglich ihren alten Platz und gingen fröhlich und vergnügt ihrer Wege.

Ich kann es einfach nicht oft genug sagen, deshalb noch einmal, all dies habe ich ja nie selbst gesehen oder gar miterlebt, denn mir wurde es von verschiedenen Brückenmenschen lediglich berichtet, und so konnte ich Ihnen nur das mir Beschriebene wiedergeben.

Der Seiltänzer

Seile, Schuhe und Erklärer

Ja, auf meinem Seil kann ich eine ganze Menge überblicken, manches erfahre ich nur vom Hörensagen, doch trotzdem habe ich immer meinen Spaß, und auch, wenn mancher Tag weniger aufregend erscheint, gibt es von hier aus immer eine Menge zu sehen, oft jedoch bin ich auch so in meine akrobatischen Übungen vertieft, daß ich von den Brückenmenschen, vom Friedhof, aber auch von den Menschen auf Landteil alpha und Landteil omega kaum etwas bemerke.

Viele von Ihnen denken jetzt sicherlich, daß ich eine Balancierstange verwende, die womöglich dreieinhalb Meter mißt und, vergoldet, die Sonnenauf- und Sonnenuntergänge reflektiert. Aber ich verwende ja gar keine Balancierstange, wie die meisten Artisten es normalerweise tun.

Außerdem ist solch eine Stange überhaupt nicht notwendig, denn man kann durchaus auch mit seinen ausgestreckten Armen die Balance halten, wenn man nur auf dem Seil auf- und abgeht. Dank meiner Erfahrung kann ich fast so wie ein Spaziergänger auf der Brücke auf meinem Seil hin- und herwandern, ohne ernsthaft in Gefahr zu geraten.

Die Gefahr ist selbstverständlich immer vorhanden!

Aber wer selbst ein Seiltänzer ist, weiß, daß man sich im Laufe der Jahre damit abfindet; es wäre ja schrecklich, wenn man bei jedem Salto vor Angst zittern würde.

Meist jedoch führe ich auch gar keinen Salto auf meinem Stahlseil vor, denn in aller Regel schlendere ich bloß vom einen Ende des Seils zum anderen.

Häufig rufen Menschen, die sich am Brückengeländer angelehnt haben und zu mir herüberblicken, daß ich doch unbedingt eine Balancierstange benötige oder aber, daß ich ja ganz verkehrt über mein Seil gehe und daß es besser sei, andere Schuhe anzuziehen, denn meine eigenen würden sich ja überhaupt nicht eignen, über solch ein Stahlseil zu gehen. Auch sei mein Salto zu unsicher, so daß ich lieber damit aufhören solle, ihn vorzuführen.

Es gibt auch Erklärer, die sagen mein Seil sei zu dick oder zu dünn. Oder aber, ein Stahlseil sei ungeeignet für einen Seiltänzer und ich müsse mir wohl ein neues kaufen, das alte, welches an den beiden Brückenpfeilern befestigt ist, lösen und das neue an derselben Stelle oder besser noch irgendwo anders anbringen.

Normalerweise lasse ich mich von solchen Erklärern nicht oder nur kaum beeinflussen, obwohl ich ihnen fast immer aufmerksam zuhöre. Erst einmal bin ich durch die Ratschläge aus Versehen beinahe von meinem Seil gefallen. Seitdem bin ich jedoch vorsichtig und prüfe zunächst die Aussagen der Erklärer auf deren Richtigkeit.

Wenn ich übrigens einen der Erklärer bitte, auf mein Seil hinüberzusteigen, verhält dieser sich oft ganz seltsam. Einige behaupten, jetzt werde es für sie höchste Zeit, sich wieder weiter auf den Weg zu machen, denn sie seien schon viel zu lange hier. Deswegen bleibe für eine Demonstration ihrer Künste keine Zeit mehr. Andere sagen überhaupt nichts auf mein Bitten hin, sondern erklären mir einfach weiter, was ich zu tun und was zu lassen habe. Einige besitzen sogar die Unverfrorenheit, einfach nach meiner Anfrage ohne ein einziges Abschiedswort den Ort zu verlassen und drängen sich dann meist schnell in eine Menschengruppe auf den Brücken. Aber vielleicht wollen sie ja wirklich nur mein Bestes, und sie sind zu schüchtern, all ihr Können zu demonstrieren.

Schon häufig habe ich mir überlegt, ob es nicht besser sei, einfach von meinem Seil aus eine der beiden Brücken zu betreten und wie die anderen Menschen auch auf der Brücke zu verharren oder zu einer der beiden Landhälften zu gehen. Nicht, daß es besonders schwierig wäre, von dem Seil aus sich über das kleine Brückengeländer zu hangeln, schließlich bin ich Seiltänzer, und dies wäre für mich einer der einfachsten Übungen. Allerdings weiß ich nicht so recht, ob ich es längere Zeit auf den Brücken aushalten würde, denn ich habe mein ganzes Leben lang auf meinem Seil verbracht, vielleicht eignen sich meine Schuhe auch nicht, auf einer Brücke umherzulaufen, denn ich schätze, meine Schuhe sind speziell für Seiltänzer angefertigt worden – auch wenn der ein oder andere Erklärer dies anders sieht – und die Leute auf den Brücken besitzen ja ganz andere Schuhe als ich.

Normalerweise stört es ja niemanden, daß man als Seiltänzer spezielle Schuhe benötigt, aber einmal ergab sich dadurch ein ganz schwerwiegendes Problem.

Das Unwetter

Sonnenschein, Stehplätze und Winde

Vor knapp dreieinhalb Jahren nämlich, es war damals ein
wunderschöner Tag, die Sonne schien auf das metallene
Geländer der zweiten Brücke und blendete mich ein wenig, doch ich konnte, ja ich wollte auf keinen Fall damit
aufhören, die Menschen, die damals über diese Brücke
gingen, unentwegt zu beobachten, wie sie zumeist freudig, da ja die Sonne schien und weit und breit keine Wol-
ke am Himmel zu sehen war, ihren Weg fortsetzten; ja
manche gingen sogar pfeifend und tanzend über die lange
Brücke und schienen einfach glücklich mit sich selbst
und vollkommen überzeugt davon zu sein, daß ihr Weg
der richtige sei. Es gab an diesem Tag kaum einen Jahrmarktschreier oder Verkehrspolizisten auf den Brücken,
der die Leute von ihrem Weg abbringen wollte, und die
fröhlichen Menschen selbst sahen überhaupt keinen
Grund darin, sich gegenseitig davon zu überzeugen, daß
nur ihr Weg der richtige sei, sondern ließen auch die anderen Menschen ihren Weg fortsetzen. Ihr Gesichtsaus-
druck erschien mir so, als wollten sie sagen: „Ich glaube
fest daran, daß mein Weg der richtige ist, aber vielleicht
gibt es ja mehrere Wege, die zum Ziel führen, oder es ist
gar so, daß jeder Mensch seinen eigenen Weg gehen

muß, um zum Ziel zu gelangen. Wer weiß, jedenfalls macht es ja gar keinen Sinn, die anderen davon zu überzeugen, daß ihr Weg der falsche und meiner der richtige ist. Ich werde einfach mit erhobenen Kopf meinen Weg fortsetzen, um den anderen voller Stolz zu signalisieren, daß mein Weg der richtige ist."

Doch trotz dieser gelassenen Ruhe zogen plötzlich und unerwartet Gewitterwolken auf, und ein fürchterlicher Gewitterschauer brach aus. Die Leute, die erst so ruhig und gelassen über die Brücke gegangen waren, brachen plötzlich in Panik aus, manche rutschten, da die Straße schnell naß wurde, auf dem Asphalt aus, einige brachen sich dabei sogar die Knochen und liefen hinkend weiter. Nur die allerwenigsten bewahrten Ruhe und setzten ihren Weg in gleichem Tempo fort. Einige waren sogar so überrascht, daß sie kopfüber in den Abgrund sprangen, vielleicht, weil ihnen die Situation hoffnungslos erschien, vielleicht lag es auch an der allgemeinen Unruhe, die herrschte und die manche Menschen zur Verzweiflung brachte oder gar in den Wahnsinn trieb. Vielleicht hatten sie auch die Orientierung verloren und sprangen aus Versehen über das Brückengeländer. Andere wiederum versuchten, um nicht allzu naß zu werden, sich unterhalb der Pylone zu stellen, so daß sie die große Betonstütze über ihnen vor dem starken Regen schützte. Doch auch das half nur sehr wenig, denn der nun starke orkanartige Seitenwind, der recht häufig drehte, peitschte die Regentropfen förmlich in horizontaler Richtung gegen die Menschenmassen. Trotzdem gaben viele die Hoffnung nicht auf, daß die Pylone sie vor dem Unwetter schützen würde, und so sammelte sich allmählich eine große Menschenmasse unter der Pylone an. Dabei blieben manche, die sich im Zentrum der Masse befanden, durch die dicht neben ihnen stehenden Menschen vom Regen, der aus seitlicher Richtung heranwehte verschont, einige jedoch konnten ihren Platz nur noch noch kurz behaupten, brachen dann ein, sanken zu Boden und wurden von den anderen niedergetrampelt, die sich scheinbar darüber freuten, daß ein neuer Stehplatz frei wurde. An den Außenseiten der Brücke war es besonders schlimm! Aus Platzmangel nahe der Pylone wurden viele von der Masse über das kleine Geländer der Brücke gestoßen, so daß sie in die Tiefe stürzten. Dieser tumultartige Zustand war schrecklich mitanzusehen, und wahrscheinlich waren auch die Menschen auf der anderen Brückenseite entsetzt darüber, doch auch gleichzeitig froh, daß sie von diesem Unglück weitestgehend verschont blieben, denn dort regnete es zwar jetzt auch, allerdings war dort der Wind wohl sehr schwach, wie ich später erfuhr. Von der anderen Brückenseite vernahm ich allerdings nur sehr wenig, da auch ich von dem schweren Unwetter nicht verschont blieb. Mein Stahlseil schwang ruckartig hin und her, wurde vom immer wieder wechselnden Wind nach unten und oben gepeitscht, so daß ich größte Mühe hatte, mich auf meinem Seil zu halten. Ich hatte den Eindruck, als spiele jemand mit mir und meinem Seil, welches genau wie die Seile, die an der Pylone befestigt waren, wie Bindfäden von einem großen, unsichtbaren starken Riesen unkontrolliert durch die Luft geschleudert wurden.

Natürlich versuchte ich, mich an mein Seil klammernd, kriechend in die Richtung der anderen Brücke zu gelangen, doch es gelang mir nicht, denn ich konnte mich nur mit Mühe und Not, indem ich alle Kraft hierfür aufbrachte, an meinem Seil halten. Und so blieb mir nichts anderes übrig, als das Unwetter abzuwarten und zu hoffen, daß ich dieses heil überleben würde.

Als der Wind schon merklich schwächer wurde und ich
dachte, ich könne meinen festen Klammergriff lösen, da
blies mich ein Windstoß von meinem Seil fort. Ich
streckte meine Hand aus und konnte – es muß ein glück-
licher Umstand gewesen sein – das Seil noch einmal fas-
sen. So hing ich also noch eine Weile mit letzter Kraft an
meinem Seil, und wenn der Wind nicht nachgelassen
hätte, wäre ich wohl, wie viele damals von der Brücke ny
auch, in den Abgrund gefallen.

Erst nach einiger Zeit hangelte ich mich wieder nach
oben und ließ mich dort vollkommen erschöpft auf meinem Seil nieder.

Herr K.

Schwenker, Stricke und Zuschauer

„Kommen Sie zurecht? Kann ich Ihnen vielleicht behilflich sein?" erklang es da. Als ich aufblickte, sah ich auf Brücke, nahe meinem Seil, einen jungen Mann stehen, der mich besorgt anschaute. Ich lag durchnäßt und erschöpft bäuchlings auf dem Seil, die Beine baumelten in Richtung Abgrund. Der Mann sah wohl, daß ich am ganzen Leib zitterte. „Sind Sie in Ordnung?", fragte er, doch ich war wohl zu müde, um ihm zu antworten, und so kletterte der Mann über die schmale Brüstung auf mein Seil!

Er half mir auf, und ich bemerkte, daß er sich erstaunlich gut auf meinem Seil hielt, obwohl seine Schuhe wohl eher für das Gehen auf der Brücke geeignet waren.

Ich bedankte mich, und es stellte sich heraus, daß der junge, braunäugige Mann den etwas ungewöhnlichen Namen K. besaß. Er wolle zu Landteil alpha und müsse schon gleich wieder aufbrechen, doch übermorgen wolle er zu mir zurückkehren, denn das Seil, auf dem ich mich tagein, tagaus befand, gefalle ihm. Und tatsächlich, am übernächsten Tag kam Herr K. wieder, betrat das Stahlseil – allerdings hatte er immer noch die gleichen Schuhe an – und kam mir entgegen. Er vermittelte nicht nur einen hilfsbereiten, sondern auch sympathischen Eindruck, und

so schlangen wir uns um mein Seil und verbrachten Tag
und Nacht in dieser Lage und unterhielten uns über den
Friedhof, andere Brückenmenschen, über die beiden Brücken selbst und natürlich die beiden Länder.

Herr K. schien mir hier ganz plausible und gut begründe-
te Ansichten zu vertreten. Wir sprachen auch über die
Jahrmarktschreier und die Verkehrspolizisten auf den
Brücken, als uns ein paar kleine Kinder, die sich auf der
Brücke ny befanden, störten. Sie lehnten sich nämlich
über das Brückengeländer und griffen nach meinem Seil.
Als sie alle es in ihren Händen hielten – ich hatte damals
Angst, daß sie aus Versehen in den Abgrund fielen –,
begannen sie das Seil langsam, dann immer schneller hin
und herzuschwenken. Am Anfang bemerkten wir gar
nicht, daß sich mein Seil bewegte, doch allmählich emp-
fanden wir es unangenehm, da das Seil mehr und mehr
schwankte. So lösten wir uns allmählich aus unserer Haltung, die einer Schlange glich, die sich um einen Ast
geschlungen hat. Erst verscheuchte Herr K. die Kinder,
was ein Leichtes war, da sie sehr klein waren und nur die
Möglichkeit der Flucht in Erwägung zogen. Doch als wir
es uns auf meinem Seil gerade wieder bequem gemacht
hatten, begannen die kleinen Schwenker von neuem, uns
zu ärgern. So balancierte ich diesmal zur Brücke hin und
versuchte, einen der Jungen zu ergreifen, doch sie waren
nicht nur sehr vorsichtig, sondern auch ungemein flink.
Da ich aber nicht auf die Brücke hinaufsteigen wollte,
ließ ich sie gewähren und ging wieder zu Herrn K. zurück, der, genau wie ich, das Verhalten der Kinder als
störend empfand. Sie ärgerten uns noch einige Male,
indem sie mein Seil schwangen, doch als wir damit auf-
hörten aufzustehen, um sie zu verscheuchen, ließen sie
davon ab und verschwanden nach einer Weile. Offenbar

war ihnen langweilig geworden, da ihnen niemand mehr drohte oder sie verfolgte.

So konnte ich also auf meinem Seil mit Herrn K. alles Wesentliche besprechen, doch unser Glück hielt nicht lange an, denn schon nach kurzer Zeit versammelten sich Schaulustige nahe unserer Brücke und begannen, vereinzelt mit ihren Fingern auf uns zu zeigen; manche von ihnen nahmen dabei die andere Hand vor ihren Mund und flüsterten ihrem Nachbarn etwas ins Ohr, was wir natürlich aus der Entfernung nicht verstehen konnten. Einige von ihnen lachten auch lauthals. Anfangs lachten auch wir, nämlich darüber, daß diese Menschen scheinbar nichts Besseres zu tun hatten, als uns zu beobachten, und wir setzten unser Gespräch fort, doch nach einiger Zeit hatte sich dort eine so große Menschenmasse versammelt, daß die anderen Brückenmenschen auf ihrem Weg uns kaum noch erkennen konnten und sich darüber wunderten, warum gerade an dieser Stelle der Brücke ein so großer Menschenauflauf war. So kamen viele von ihnen auch zu der Menschenmasse und drängten sich nahe ans Geländer, um zu sehen, was alle anderen anscheinend so beeindruckte. Als sie uns wahrnahmen, fielen die Reaktionen recht unterschiedlich aus. Einige wandten sich gelangweilt von uns ab, drängten sich wieder zurück durch die Menschenmasse und setzten ihren Weg auf der Brücke fort. Andere waren scheinbar angeekelt von unserem erbärmlichen Anblick, wandten ihr Gesicht kurz von uns ab, um dann gleich wieder auf uns zu blicken und gleichzeitig ihrem Nachbarn ihr Entsetzen zu bekunden.

Obwohl auch diese Zuschauer uns mit der Zeit störten und nicht wieder verschwanden, sprachen wir noch über das ein oder andere, Herr K. äußerte sich auch über die

Bedeutung der Pylonen für beide Brücken, die unsymmetrisch angeordneten Brückenpfeiler, das schmale Geländer, doch sprachen wir auch sehr lange Zeit über mich und mein Stahlseil.

Irgendwann lud ich ihn dann ein, mit mir über mein Seil zu gehen, um uns die andere Brücke einmal anzuschauen. So befreiten wir uns also aus unserer schlangenähnlichen Haltung und schlenderten gemeinsam in Richtung der anderen Brücke, Herr K. war ein ausgezeichneter Akrobat, doch vielleicht war er ein anderes Seil als meines gewöhnt, vielleicht lag es auch tatsächlich nur an den Schuhen, die er besaß, oder aber vertrug es nicht, in dieser Höhe über einen Friedhof zu balancieren, jedenfalls bemerkte ich schon bald, daß es ihm weit mehr Mühe machte als mir, über das Seil zu spazieren. Trotzdem kamen wir am anderen Ende des Seils an. Doch auch dort wurden wir von Schaulustigen empfangen, die uns schon von weitem bemerkt haben mußten. So verbrachten wir die nächste Zeit größtenteils in der Mitte des Seils. Eines Tages erlitt Herr K. einen Schwächeanfall – vielleicht war ihm schwindlig, oder er vertrug es tatsächlich nicht, in dieser Höhe zu balancieren – und so mußte ich ihn in meine Arme nehmen und tragen. Herr K. konnte mir nicht genau erklären, warum er einen Schwächeanfall erlitten hatte, doch er verwies auf unseren eingeengten Bereich auf dem Seil, da die Seiten zwar nicht mehr von den Schwenkern, aber durch die Zuschauer gleichsam besetzt worden waren. Während ich Herrn K. trug, versuchte ich natürlich, die angenehmste und vor allem für mich einfachste Tragehaltung zu finden.

Dabei bemerkten wir, daß, wenn ich Herrn K. waagerecht hielt und er seine Arme nach oben hin ausstreckte, es durchaus angenehm war, über das Seil zu schlendern. Ich konnte Herrn K. so außerdem als Balancierstange benutzen, wodurch sich nach einigem Üben mein Gleichgewicht verbesserte und ich zufriedener als je zuvor über mein Seil gehen konnte. Doch auch hier ergab sich das Problem, daß ich das Gewicht zwar kurzfristig, jedoch kaum über einen längeren Zeitraum hin halten konnte. Damit ich Herrn K. nicht aus Versehen losließe und er in den Friedhof fiele, gab mir Herr K. zur Sicherheit zwei dicke, feste Strickseile, die ich um meine Handgelenke und Herrn K. band. So gingen wir ein wenig hin und her, unterhielten uns über dies und jenes, doch alsbald schwanden mir die Kräfte, und ich riet Herrn K., die Stricke zu lösen und selbst wieder auf dem Seil zu balancieren, doch dieser fragte mich entsetzt, warum er denn nicht als Balancierstange geeignet sei. Da verloren meine Hände den Halt, und erst jetzt bemerkten wir, daß die Seile viel zu dünn und schwach gewesen waren, denn sie rissen, und Herr K. stürzte in die Tiefe. Beinahe wäre auch ich mit ihm gestürzt, denn ich konnte mein Gleichgewicht kaum mehr halten, was entweder an der nun fehlenden Balancierstange lag oder an dem plötzlichen Ruck nach unten, den die festgebundenen Seile an meinen beiden Armen verursachten. Allerdings konnte ich mich dann trotzdem, dank meiner Akrobatik – vielleicht war es auch einfach nur Glück im Unglück – auf meinem Seil halten, für Herrn K. kam allerdings jede Hilfe zu spät. Er fiel auf ein Kreuz, welches sich durch seinen Bauch hindurch bohrte und am Rücken wieder hervortrat. Es mußte ein metallenes Kreuz gewesen sein, denn es reflektierte das Sonnenlicht zu mir hinauf, so daß ich die Blutspritzer auf dem Kreuz kaum wahrnam, wenn überhaupt das Kreuz Blut von Herrn K. abbekommen hatte.

Das Kreuz war übrigens äußerst spitz, und ein paar andere metallene Kreuze befanden sich um dieses herum, in
der Nähe, unweit von diesen, befand sich auch das dia-
mantene Kreuz – falls es wirklich aus einem Diamanten
bestand –, von dem ich Ihnen schon erzählte.

Meine Arme schmerzen noch heute ein wenig von den
Seilen, die plötzlich rissen, auch wenn die Schürfwunden,
die ich davontrug, längst verheilt sind. Ich kann mich
noch gut daran erinnern, daß ich damals das Blut, das an
meinen Armen an schmalen Streifen hervortrat, mit der
Zunge ableckte; ein wenig davon trank ich auch, fast so,
wie ein Vampir es tut.

Aber das alles ist ja schon viele Jahre her.

Der Einsturz

Gummibänder, Geröll und Krakeeler

Ich habe mir auch schon einmal überlegt, was geschehen wird, wenn Brücke lambda oder Brücke ny eines Tages einstürzt. Dies sind ja alles Spekulationen, was mir wohl bekannt ist, aber wer sagt denn, daß dies ausgeschlossen sei? Ich glaube, niemand kann mit absoluter Sicherheit Gegenteiliges behaupten.

Es wird beim Einstürzen der Brücke selbstverständlich sofort Panik auf dieser herrschen; die Menschen werden dann wohl zu der nächstgelegenen Landhälfte laufen, um sich zu retten. Andere werden möglicherweise, wenn sie sehen, daß die Lage aussichtslos erscheint, auf der Brücke niederknien oder sich auf ihr hinlegen. Oder aber sie werden lieber selbst den Zeitpunkt ihres Todes bestimmen und deswegen von der Brücke springen, um eventuell auf eines der Kreuze zu fallen. Vielleicht wird der Grund, daß sie lieber von der Brücke springen werden, folgender sein; Sie werden auf keinen Fall auf der Brücke sterben wollen. Oder sie werden noch einmal frei von allem sein wollen, wenn auch nur für kurze Zeit, und deswegen lieber hinabspringen. Es wird vielleicht auch so sein, daß sie Angst davor haben, daß der Tod auf der Brücke nicht so schnell und verhältnismäßig schmerzfrei verläuft, als wenn sie von der Brücke springen werden. Einige, die nahe bei der Pylone stehen, werden unter ihr Schutz suchen. Entweder stürzt die Pylone dann auf sie hernieder oder sie werden wie alle anderen auch mit der Brücke zusammen in die Tiefe gerissen und sterben so. Ich bezweifle, daß die Pylone beim Einsturz der Brücke einen wirklichen Schutz bietet, aber vielleicht ist es dann ja wirklich so, daß zu guter Letzt nur noch die Pylone stehen bleiben und der Rest der Brücke eingestürzt sein wird.

Vielleicht wird die ganze Brücke auf einmal zusammenstürzen, vielleicht auch nur ein Teil der Brücke. Es könnte auch sein, daß nur einige Brückenpfeiler, eventuell aber auch alle Pfeiler, zusammenbrechen. Wenn dann der Brückenpfeiler, an dem mein Seil befestigt ist, zusammenstürzen wird, werde auch ich in die Tiefe fallen.

Dann wird es natürlich nie wieder irgendwelche Erklärer, Schwenker oder Zuschauer geben, aber auch ich werde dann nicht mehr sein, was wohl für mich das Entscheidende daran ist. Aber es werden sich dann noch weitere Veränderungen ergeben.

Mein Seil wird nur noch mit einem Brückenpfeiler verbunden sein und in kürzester Zeit zur anderen Brücke wie ein langgezogenes Gummiband zurückschnellen. Vielleicht wird es einen Menschen auf der anderen Brücke so unglücklich treffen, daß dieser dann von meinem Stahlseil erschlagen wird. Wahrscheinlicher ist natürlich, daß das Seil gegen den anderen Brückenpfeiler, an welchem es immer noch befestigt ist, schnellen wird. Danach wird es wohl in die Tiefe fallen und entweder den Boden berühren oder auch nicht, je nach dem, ob mein Seil oder

der Abstand vom Boden zum festgemachten Seil länger ist.

Nachdem die größte Aufregung überstanden ist, werden die Menschen, die von Land alpha hinüber zu Land omega wollen oder umgekehrt, natürlich nur noch über eine Brücke gehen können. Sie haben dann nicht mehr die Möglichkeit, eine der beiden Brücke zu wählen, sondern werden nur noch diese eine bestehende Brücke benutzen können. Niemand wird mehr behaupten können, daß diese Brücke lediglich dazu da sein wird, eine Überquerung von alpha zu omega zu ermöglichen und nicht umgekehrt. Außer natürlich, wenn dieser der Meinung sein wird, daß es ab sofort nur noch noch erlaubt sein wird, von alpha zu omega zu gehen. Dann wird er vielleicht sogar laut zu denen, die die entgegengesetzte Richtung gehen, schreien: „Nein, nein. Was macht ihr denn? Habe ich Euch denn nicht schon oft genug gesagt, daß es nur noch erlaubt ist, die andere Richtung zu beschreiten?" Er wird die Menschen auf den Brücken wohl sehr stark an den Jahrmarktschreier erinnern, doch muß man den Jahrmarktschreier und diesen Krakeeler voneinander unterscheiden, da der Jahrmarktschreier schon vor dem möglichen Einbruch einer Brücke existierte, der Krakeeler jedoch erst seit einem Einbruch einer Brücke auf der anderen, noch vorhandenen Brücke zu sehen sein wird.

Nach solch einem Einsturz wird sich natürlich noch viel mehr ändern. Beispielsweise wird der Zustrom an Menschen auf der anderen Brücke enorm ansteigen, aber auch die beiden Länder werden entweder mehr Lagen an Menschen besitzen, oder aber es bildet sich keine neue Oberschicht, und viele Menschen werden verzweifelt nach einem Liegeplatz Ausschau halten, aber nur in den seltensten Fällen einen solchen finden.

Vielleicht werden sich einige Menschen, nachdem sie sich von dem Schock des Einsturzes erholt haben, darüber nachdenken, eine neue Brücke aufzubauen, die entweder so groß, so stabil und so schön sein soll wie die alte Brücke. Oder sie werden einfach eine kleine Brücke benötigen, die eine Alternative zu der noch bestehenden Brücke bietet.

Dabei ergeben sich natürlich zahlreiche Probleme, denn vielleicht weiß ja niemand, wo die Baupläne für die beiden Brücken liegen, vielleicht gibt es die Baupläne für die Brücken ja gar nicht mehr. Außerdem müßten, falls man die neue Brücke genau auf derselben Stelle errichten will, Schutt und Geröll zunächst einmal fortgeräumt werden, bevor man mit dem eigentlichen Bau beginnen kann. Andererseits könnte es auch als Vorteil dienen, wenn man die bestehenden Brückenpfeiler, falls, wie gesagt, überhaupt noch vorhanden, gleich in den Neubau integriert, so daß der Bau schneller abgeschlossen werden kann. Möglich wäre es dann auch, das Geröll der eingestürzten Brücke als Baumaterial zu verwenden, allerdings kann ich, falls es überhaupt jemals zum Einsturz einer Brücke kommt, davon abraten, denn dieses Geröll hat sich ja auch schon bei der ersten Brücke auf Dauer nicht bewährt, so daß die Sicherheit der zweiten, von Menschen gebaute Brücke nicht in vollem Umfang gewährleistet sein wird.

Der Sprung

Klippenspringer, Kehlköpfe und Diamantenkreuze

Nun habe ich Ihnen alles Erwähnenswerte über mein Leben erzählt, und ich glaube, jetzt wird es Zeit für mich, das zu tun, was ich schon immer wollte – vielleicht möchte ich es aber auch erst seit kurzem –, nämlich von meinem Seil zu springen. Vielleicht stellt sich Ihnen die Frage gar nicht, oder aber Sie haben sie längst beantwortet. Warum will ich eigentlich von meinem Seil springen? Nicht, daß es mir auf meinem Seil sonderlich schlecht gefallen hätte, schließlich gab und gibt es ja einiges zu sehen, wie sie ja jetzt wissen. Außerdem würde sich mein Leben auf dem Seil auch weiterhin interessant und abwechslungsreich gestalten, doch vielleicht möchte ich ganz einfach einmal in meinem Leben von meinem Seil losgelöst und unabhängig sein. Natürlich berühre ich mein Seil auch nicht, wenn ich einen Salto vorführe, doch bei einem Salto besitze ich die Gewißheit, daß ich auf dem Seil – falls ich es nicht aus Versehen verfehle – wieder aufkommen werde. Wenn ich aber hinabspringe, weiß ich, daß ich mich bewußt dagegen entschieden habe, wieder auf meinem Seil zu landen. Ich glaube eigentlich nicht, daß dies der eigentliche Grund ist, warum ich von meinem Seil springen werde, doch erscheinen meine

anderen Thesen wenig schlüssig, deshalb werde ich Ihnen
diese auch gar nicht erst erzählen und erläutern.

Selbstverständlich könnte ich auch einen der Erklärer
fragen, warum ich von meinem Seil springen möchte,
doch dazu ist es jetzt zu spät, denn ich springe jetzt von
meinen Stahlseil, von dem Seil, auf dem ich so viel erlebt
habe!

Ich springe also von meinem Seil, breite meine Arme aus
und sehe für die „Brückenmenschen" wahrscheinlich wie
ein Klippenspringer aus, der von der obersten Klippe aus
in die tosende Brandung springt, kurze Zeit später heil
und unversehrt auftaucht, obwohl die Wassertiefe nur
dreieinhalb Meter betrug. Solche Kunststücke werden
nahezu immer von den Schaulustigen beklatscht, und dies
zu Recht, denn neben dem Mut, den solche Springer auf-
bringen müssen, muß der Zeitpunkt des „Umschlags"
exakt abgepaßt werden, der kurz nach dem Eintauchen
erfolgt und verhindert, daß der Springer mit voller Wucht
auf einen spitzen Stein unterhalb der Wasseroberfläche
auftrifft. Wenn der Klippenspringer sich zu früh krümmt
und noch nicht im Wasser eingetaucht ist, dann kann er
sich leicht tödlich durch den Aufschlag auf der Wasseroberfläche verletzen, krümmt er sich dagegen zu spät,
werden die Zuschauer auf den Klippen zunächst noch
bewundernd auf die Wasserfläche hinabsehen und freudig das Auftauchen des Springers erwarten, doch mit
jeder Sekunde, die dann verrinnt, steigt die Angst der
Zuschauer. Ganz eifrige unter diesen bemerken dann, daß
sich das Wasser, welches aufgeregt gegen die Klippen
peitscht, sich ein wenig rötlich färbt, und kurze Zeit später erkennen alle, daß es diesem Springer zwar nicht an
Mut fehlte, er aber den richtigen Zeitpunkt – vielleicht

nur für einen Sekundenbruchteil – zum „Einknicken" des eigenen Körpers zu spät abgepaßt hat. Meist blicken die Zuschauer dann noch eine Weile auf die Klippen, die Brandung, die Bucht oder auf das offene Meer, als wollten sie durch ihr Warten den Springer dazu ermutigen, doch noch lebendig und freudig winkend aus dem Wasser aufzutauchen. Einige bleiben dann stundenlang auf den Klippen sitzen und betrachten die untergehende Sonne, die auch diesen Tag beendet.

Wie dem auch sei, ich fühle mich so, wie sich jeder dieser Klippenspringer fühlen wird, unabhängig vom Ausgang seines Auftreffens.

Frei, unendlich frei! Natürlich war ich schon früher frei, denn ich konnte ja auf meinem Seil hinabsteigen, wenn ich es gewollt hätte, ich hätte eine der beiden Brücken betreten können oder mich gar auf den Weg zu Landteil alpha oder Landteil omega machen können, doch ich habe mich ja bekanntermaßen dagegen entschieden.

Jetzt versuche ich jedenfalls, mit meinem Kopf genau in das spitze Diamantenkreuz hineinzuspringen, von dem ich Ihnen bereits berichtete. Erst jetzt bemerke ich, daß dieses Kreuz ein besonders prächtiges ist, beschriftet mit goldenen Lettern, die von meinem Seil aus kaum zu erkennen waren, allerdings kann ich auch jetzt noch nicht die Schrift entziffern, schade eigentlich, es hätte mich wirklich sehr interessiert zu sehen, was auf dem Kreuz geschrieben steht!

Herrlich, es ist wahrlich ein erhabenes Gefühl, losgelöst von seinem eigenen Seil zu sein, auch wenn dieser Zustand nur noch wenige Sekunden anhalten wird. Vielleicht werde ich ja das Diamantenkreuz wirklich treffen, ich hoffe, daß es wirklich aus einem einzigen Diamanten

besteht und sich letzten Endes nicht doch nur als besonders geschickt geschliffenes Glaskreuz entpuppen wird.
Vielleicht werde ich ja auch gar nicht bemerken, aus
welchem Material das Kreuz besteht, falls ich es überhaupt treffe. Wenn ich es aber doch treffen sollte, kann
ich es vielleicht sogar aus der Erde herausreißen, allerdings dürfte dies nur gelingen, wenn die Spitze genau
durch meinen Schädel stößt und dann an meinem Kehlkopf hervortritt und ich später nach hinten hin umkippe.
Dabei darf natürlich mein Rückgrat nicht zerbrechen,
denn sonst dürfte die Hebelwirkung kaum ausreichend
sein, dieses Kreuz auch nur einen Millimeter weit zu
bewegen. Jetzt trennen mich nur noch wenige Meter und
ich schätze, daß es langsam Zeit wird, mich von Ihnen zu
verabschieden. Leider kann ich Ihnen nicht mehr erzählen, ob mein letztes Vorhaben vom Erfolg gekrönt sein
wird, aber ich glaube, Sie werden mir bestimmt viel
Glück dabei wünschen.

Danke!

Ich tanzte auf einem Seil.

Auf einem Seil, über dem Abgrund.